김고은향 시집

거울 속으로

한누리미디어

국립중앙도서관 출판시도서목록(CIP)

거울 속으로 : 김고은향 시집 /지은이 : 김고은향. -- 서울 : 한누리미디어, 2016
p. ; cm

ISBN 978-89-7969-697-4 03810 : ₩8000

한국 현대시 [韓國現代詩]

811.7-KDC6
895.715-DDC23 CIP2016008073

시인의 말

아침에 눈을 뜨면 직장을 오고 가고
평생처럼 늘 하던 일터에서
이달로 꼭 30년이 되었다

이제는
똑 같은 일에서 새로운 것을 찾고
만나기 위한 도전 정신이 생겼다

출 퇴근을 하며 많은 시간을 버스를 탔고 걷던
그 길, 그 나뭇가지에서
새로운 모습이 보이기 시작했다

꽃이 있었던 게 아니라
그것이 꽃이었음을…

2016년 3월

종이골에서 **김고은향**

차례 Contents

제 1 부 소요산 마지막 역

제 2 부 한낮의 꿈

차례 Contents

제 3 부 사람, 사람들

제 4 부 엄마의 이름

제 5 부 도량명상

제 1 부

소요산 마지막 역

그날
그 꽃
텃밭
지행역과 중앙역 사이
빈 집의 꽃
소요산엔 사랑이 살고 있다
첫사랑
한 여인
두루미
꽃밭에서
절 가는 길
거저울 가는 어머니
아버지의 강
신진도와 마도 사이
동두천 공주
마지막 역 사람들

그 날

눈썹 끝자락 하늘 끝에

불빛 한 점 없는
별을 헤었던 밤

달 차오름에 안절부절했던

알 수 없는
시간의 마술 속에 가슴 조인 날

그 꽃

철따라 바람이 먼저 오는
자재암(自在岩)* 오르는 언덕 끝 나무에
투명한 하늘이 삽니다

꺾아지른 폭포 옆
철모를 소녀들 모여
무어라 떠들어도
한 마디 변명도 없이
푸른 치마 그늘을 만들며
눈길 가지 않는
덤불 속 사이사이 향 내음은

첫 사랑 품속처럼 애달파집니다

*자재암 : 동두천 소요산에 위치한 대한불교 조계종 사찰

텃밭

햇빛 노는 텃밭에 꽃 있네

가지치기로
빠르고도 더디게 늘어난 생명… 생명들
봄이 가고 여름 오니
태양 그림자보다 갑절 풍요롭네

줄기는 왜 이리 생겨났을까
황진이 치마 속보다 오묘한 꽃술은 뭘까
푸른 잎 오목조목 자라
노파의 잔등에 인 삶의 짐을 위로하네

여름 와 버린 텃밭에 서 있네

채소 잎 모양은 하나같이 달라도
우주의 원리로 얻은 생명은
너와 나는 똑같아

꽃으로 나와 날 위로하는 너
사람으로 나와 널 예뻐해 주는 나
이 속에서 우린 커플이네

지행역과 중앙역 사이

지행역과 중앙역 사이 출구 이번엔
푸르디 푸른 솔밭 가는 길 종이골이 있다

소스라치게 바람 부는 날
남이장군섬 메타스퀘어로 길게 맞닿는 흙길엔

화장 진한 여고생은 자전거 밀고
듣지도 말하지 않는 구겨진 노신사 허수아비 뒷 몸짓에도
행복 찾아, 건강 찾아, 사람들 모이는데

잔디 속에 숨어 피지 못하고 지는 꽃, 된서리에 시들어도
"우리 언제라도 포기는 하지 말자" 푯말 하나 가슴에 담고
다시 걷다 돌아오는 회오리바람 이는 오리길

지팡이 휘이 휘이 내저으며 어둔 밤 흰 굴뚝 연기 품어 내고
앞 일 모를 맹인 힘차게 걷는 이 길
단풍보다 진한 공원 원두막 마룻바닥엔
쥐 담은 철사처럼 일그러진 잔등이
산처럼 폐지 담은 비스름한 리어카 뒤로
흰 머리보다 먼저 밖에서 기다린다

빈 집의 꽃

보름 전
꽃씨를 산수(山水)에 불렀습니다
약속 없는 날
얼굴을 쏘옥 내밀었습니다

어제
사랑채 옆 살구나무 아래서 장독대까지
울안을 파 꽃을 심고 또 심고
물 주며 정을 주었습니다

오늘은
양 날개를 한 잎사귀는
생기가 팔팔합니다

노끈으로 대문 걸어 잠근
벚꽃 흐드러진 봄날 언제쯤
아무도 없는 빈집에 꽃이 피면
약속처럼 가을 마중 단풍 길로

내가 서 있는 이 뜰은
아무도 없는
혼자이겠지요

소요산에는 사랑이 살고 있다

인적 드문 날 공주봉*을 오르니

바람에 실려 온 나비
동무 좇아 오가는 산새
풀벌레 깔깔 노랫소리
나올까 말까 노송 뒤… 숨어 노는 다람쥐

아마 먼 그 날,
넘쳐나던 폭포수 옆
크고 작은 나무에 낀 이끼와
가파른 바위틈 핀 꽃나무는
알고 있을까?

고요하고 애잔한
원효스님*과 요석궁 공주의 연분홍 사랑 얘기를…

*소요산 공주봉 : 동두천 북방 소요산(해발 587m)의 한 봉우리
*원효스님(617~686) : 신라시대의 고승. 신라에 불교가 공인된 지 90년 만에 태어난 우리나라 역사상 최대의 불교사상가이자 사회지도자

첫 사랑

담장 넘어
차라리 눈 감고 싶은 하루

첫사랑은

오월의 꽃보다 더 이쁘고
오월의 녹음보다도 더 푸르고
오월의 햇살보다도 더 밝아

발길 가지 않는 이 길에 서면

자취는 없어도

가슴은 시리네

한 여인

한 사내의 어머니
한 사내의 딸
한 사내의 연인

한 사내의
산성을 쌓는 고역(苦役)으로
역사 속에 묻혀 지내다

비켜 갈 수 없는 생의 끝자락에서
보잘 것 없이 측은해진 모습으로
휘몰아치는 태풍에 내가 만든 상반된 정답을
부여잡고

황갈색 바람에 떠는
아무것도 아닌 키 작은 노년

두루미

장마 중 눈부신 햇살의 미소에
그리운 것이 너무 많으면
매일, 매일이 힘이 드나 보다

몇 년 기다리다 나선 설렘의 여행길
고요하기 이를 데 없는
눈 덮인 로마의 지중해변과
북유럽 비탈길을 헤맸다

봄에서 다음해 봄까지
선업교 다리 밑 신천*엔
생목숨을 건진 수많은 낚싯대는 간 데 없고
이 개울가에 변하지 않는 두루미만 사철 노니는데
이제, 여름 되면 하늘 이치로 사는 너의 전성시대 기다려져

구겨진 이른 옷 입고
저물어 가는 춘삼월 추위가 매서워
시린 두 손 퍼즐 맞춰 쥐고 입김으로 헤아려 보는 하루는
백운암* 108계단처럼 지나간다

*신천 : 동두천의 중심을 흐르는 내
*백운암 : 자재암 기도 도량

꽃밭에서

별 사는 기다란 아파트 베란다에
꽃밭이 있네

여기서
저기서
꽃잎이 예뻐
줄기가 멋스러워
꽃잎이 남달라
가지치기로 생사를 가르면
하루가 다르게
자라기도 죽어지기도 하며 늘어난 생명

꽃, 그들을 보네
이리로
저리로 살아 온
불혹 고개를 넘어
지천명 고개 내 얼굴은

어떤 풀꽃이려나…

절 가는 길

찾지 않아도
비 추적이는 날

일주문 지나
해탈문 지나
산 너머 또 산이 있음을
산에 오르지 않고서는 알 수 없을까

봄 마중을 해도 이파리 없어
이름 모를 나무 사이로
서슬 퍼런 바위를 돌아
봄차림 사람들만
계곡물 서성이듯 오가는데

저만치 도망치듯 가는 멋쟁이
제 혼자 라디오 듣는 통통한 이방인
가방 줄 꼬아 맨 대머리 사내가
굴곡지고 휘어진 길 침묵하는 산 능선

객쩍은 말 오가는 여인네 걷는
마른 나무 대추나무 가지에 물오르는 진창길엔

근친처럼 나란히 걷던
미끄러진 발자국에
물씬 땀 내음이
여느 보살 발끝보다 앞선다

거저울 가는 어머니

세월을 홀로 지고 가는
구십육 세 생일날을 지내 놓은
그 분 발걸음은 천만근

수천억 겁 인연 가족으로 나와 살다
말소리 못 듣고
하려는 말 어둔해
어디선가 울려오는
종소리로 옮겨 가는 발걸음인 양
발걸음을 재촉한다

귀, 눈, 생각 어두워 할 말 크게 없어도
"개똥밭에 굴러도 이승이 좋다" 고 하지 않던가

—허당 매양 앉아 있어도 사는 게 좋아
아들 딸 손자 다 있어 좋은데… 이렇게 주-욱 사는 게 좋아—

마지막 기운을 내뿜는 늦여름 햇빛에
전심전력을 다해 세월을 지고 가는
노모의 스텝 끝 인간사 법칙은
인수봉* 돌산 넘기보다 무거운 먼 길,
되돌아가야 하는 서글픈 뒷모습엔

언젠간 오고야 말 이별의 순간을
앞서니 뒤서니 먼저 가려는 당신
(…혼잣말… 어디서 무엇이 되어 다시 뵈려나)

*인수봉 : 북한산의 63m 돌산 봉우리

아버지의 강

세상에 나와서
이름 모를 새 노래하는 칠월
머루송이 알알이 익어 가는
소소한 것들이 가득한 하늘 아래

지금쯤, 어디서 무얼 하고 계시나요?

맑은 하늘
새털 뭉게구름 위에
산 나무 뿌리 걸친
굳센 바위로
내게 다시 없을 지워지지 않는
가슴 속에 뛰는 천상
나보다 더 나를 사랑해 주셔
목숨 바쳐 모진 고통 다 참고 살다
군자산* 동녘 양지바른 산비탈에 계신 당신은
표주박으로 끝없이 가는 한탄강처럼
물끄러미 보이는 풍경입니다

*군자산 : 경기도 연천군 차탄리 소재 해발 328m의 산

신진도와 마도 사이

새 한 마리 놀다 날아나는 이른 아침
버스를 타고, 기차를 타고, 고속도로를 달려
정오에도 안개 지지 않는
서해의 낯선 섬 갈매기만 날아드는 신진도*와 마도
섬 산, 험한 암벽, 바닷가 절경 속 그곳
한눈에 알아보고 놀라웠지

나무와 새
태양과 달
밤이 가면 아침이 오도록
바람과 구름 별 이야기가 수두룩한
정겨움의 눈빛에 녹아
좋았네 좋았어 참 좋았지

석양의 미소에 한 줄기 바람도 저버리지 않는
나, 너 그리고 우리

삶의 모서리에 부대껴 힘들고 고단해도
지금 인연처럼 정겹게 살 수 있었으면…

*신진도 : 충남 태안 앞바다의 섬

동두천 공주

인생이란
부싯돌에 반짝이는 불빛과도 같다는데

지난날 동두천엔
전쟁과 가난의 멍에로

세계에서 가장 잘 먹고 사는
까만 사람 하얀 사람의 나라
위대한 USA의
지프 타고, 트럭 타고, 탱크 타고
숲, 노천(露天), 닭장을 아랑곳없이 휘젓고
이들에겐 보이지 않고 들리지도 않아
아무도 알 수 없는
사랑 아닌 사랑을 위해
온갖 발정 난 남정네들 오락물로
어루만져 온 40년

세상의 반 남자들을
위안하고 품어 주었는데
자국민은 저주 받은 '쓰레기' 로
미군에게는 '공주' 로
가녀린 여자의 무게로 버텨온 세월

남자의 가슴 속이 직장인 여인들이
이제 할머니가 된
동두천의 철 지난 이야기
이름하여 '양공주' 라 불렀다

마지막 역 사람들

1호선 전철 타면 더 갈 수 없는 마지막 역
힘겨운 걸음 겨우 옮겨
하나, 둘, 셋, 넷
검은 모자 눌러 쓴 분들 서성이네

몸은 언제나 어줍어도
마음은 소요산 단풍 불타듯 다 익어

도토리 떠도는 상수리나무 아래
다람쥐 겨우살이 준비하랴 바쁜 해질녘
어디서부터 와 어디로 가는지
빨갛게 익은 나뭇잎 새로
영화처럼 가버린 세월 속에
다시 보아도
가당치 않은 햇살 아래

가을은
가을 속에 있어도 그리운 가을이네

제 2 부

한낮의 꿈

누이는

한반도 산지사방
하늘길이 열려
태초의 그날처럼
바람이 휭휭거리는 날

모르는 것을 찾아 인도, 네팔로 가는 누이는
구운 고등어에 청하 두 병을 앞에 두고
답답하기 이를 데 없는 망월사동

엄홍길* 집 담 주점에
담았다 쏟았다를 한다

앞에서
옆에서
모든 것 다 가진 양
많고 많은 남정네들 틈에
넉넉하고 촌스런 해당화 꽃 웃음하고
허물 많은 속세에
순리대로 살라
시간 숨은 풍경화를
흙 무게만큼 무거운 토담집 벽에
소리 없이 그린다

*엄홍길 : 산악인. 의정부시 망월사역 앞에 박물관이 있음

갈등 · 1

세상에 살아
사람들이 먹고 살려고 몸부림친
분주한 시간이 지나면
모든 건 흔적으로만 남는다

너와 내가
보고, 느끼고, 말하며
함께했던 것들이
얼마가 진실일까?

천일염에 절구어 만든
배추김치로 너를 알아서
천국과 지옥을 오간다 해도
말하지 않아도 되는
그런 흔적 없이 사라지고 마는
꼭꼭 씹어 느끼는 백김치이고 싶다

갈등 · 2

자연인으로 태어나
자연처럼 살고 싶었는데

사랑으로 그대를 만나
고문처럼 괴로운
격정의 나날
서러운 세월을

채 녹지 않은 잔설 위에
잔돈푼을 위해
고단한 몸 내려
지하보도 찬바람에 무릎을 꿇는
고된 하루에

사랑은, 똑같은 본능이 아니고
서로 훈련이 필요한 또 다른 연기자로
하염없는 슬픔이 가슴에 쌓여 숨죽이며

인생은, 한 치 앞도 모른 채
만나서 이별하고
헤어졌다 만나고

이별의 아픔을 잊은 채
언젠간 또 헤어져
주정뱅이 콧노래 골목길을 떠돌듯
속마음 타들어 가며
부질없이 세월만 탓해 무엇이 달라지려나

한낮의 꿈

상강(霜降)* 오후
꿈을 꾸는 동안에 햇볕을 쬐어주지 못한
겨울 방학 숙제 같은 마음은

파랗게 들풀처럼 자라난 꿈이
쑥대밭 속에서도
부러지지 않고
죽지 않는 영생으로
수년을 함께 지낸 풀꽃 틈 속에서
스르르 잠이 와
그렇게 자다가
번개의 생동감이 찾아와 다시 깨어난다

청춘은 통제력을 잃고 황야를 헤매다
다시 고운 꿈을 꾸고 싶어
슬프도록 푸른 밤
들풀처럼 자라는
청춘의 아름다운 꿈을 청한다

*상강(霜降) : 24절기 중 18번째로 서리가 내린다는 날(양력 10월 24일경)

다상(茶床)

기호, 보리심
동선, 수행심

깊은 마음을 내어놓은 다상에 앉아
다홍꽃 핀 다기 잔으로
마음 비우는
이야기를 하네

자네도 한 잔
나도 한 잔

이 세상에 와서
함께 사는 인연으로
다잔의 물감처럼 고운 영혼을 담아
사이좋게 한 잔씩, 한 잔씩, 또 다시 한 잔씩

휴 카페 기호님의
자유를 구가하는 무위행(無爲行) 위빠사나*를 말하며
세상 왔다 돌아가는 길
허물 많은 소유욕을 무소유(無所有) 보이차에 사연 담아
초저녁 삶을 바꾼다

*위빠사나 : 마음을 비우는 수행의 지혜

유월의 편지

- 2013년 6월 퇴직하신 홍재설 님께

꽃밭에는 꽃이 언어이듯
유월 꽃향기처럼 피어나는
산 잘 타고
붓 잘 쓰시는 님

앞산 뒷산
소나무 사이
아홉시에 시간 오고
여섯시에 시간 가고
신천, 마차, 왕방, 해룡, 칠봉은 눈 감아도 환한데

시리고 저리고 구린 바람에도
인정 많고 따뜻한 그대는
사랑 받아 행복한 사람보다
사랑 주는 미더운 님인데

힘들고 고단해도
밤이 가면, 아침이 오듯
때때로 문득 생각나는 님은

씨줄 날줄로 엮은 인연일랑
두고 가세요

꽃밭에는 꽃이 언어이듯
물처럼, 바람처럼
그대 즈려 밟는 발걸음
물결 되게 하소서

어느 하루

가방을 메고 헐레벌떡
사무실로 뛰어 갔어요

마음은, 다리가 힘들어
아니 오고 싶다는데
얼굴과 머리는
안 된다고 해도

먼 곳 산 아래
희뿌연 안개 속에 사무실이 보일 때
버스 안에서
하얀 눈물

복도 끝 사무실에 앉았지요

예고 없는 인사이동
숨을 헐떡이며 바쁜 생각에 젖어
내 털끝에라도
삶의 흔적을
올려놓고 싶었습니다

이 짐 무거워서

이젠 간직할 수도 없고
더 지고 갈 수 없기에
알 수 없는 말을 지껄이는 병자처럼
아무도 없는 창가의 소박한
창이 되고 싶습니다

그리움

아침이면

누구 없어도
기다림이 좋다

……
……
살살 노를 저어
언제나
하루 일을 일러바치는
그리움이여

가족으로

희미한 안개 속에
다를 것 없는 일상처럼
제각기 다른 수많은 사람들을 1호선 전철은
등에 업고 한강다리를 건넜다

벚꽃 고개를 드는
가도 가도 제 자리인 남쪽 행 전철은
치르르릉 치그르릉
차는 쉼 없이 달려가도
오는 봄길 막지 못하는 우주질서처럼
나이만큼 느는 설움은 물길 따라 흘러

어느 낮
나는 홍도 바다 장신제 신 오는
계절이 크게 오지도 가지도 않는 오늘처럼
뜨거운 밥상을 나눌 식구가 있어 좋았다

봄 오는 소리

음력 이월
자작나무와 느릅나무 사이
서너 걸음 앞에서
입김으로 호 호
파릇한 색으로 하늘이 내리는 지구의 시간

땅을 뚫은 작은 기다림에
소리 없이 여윈
실개천 스멀거려
행여 다칠세라
도타운 햇볕 기다린다

콩 꼬투리

한 알 두 알
서로 어깨를 기대며 큰

들판에 엎드린 산물을
철모르는 아이조차
황금빛 꼬투리 잡으려면
오소소 흔들리는 노란 꼬투리 털 기뻐하네

"애들아~ 가을이다"

태양도 평온하고
쭉정이처럼 헛헛한 구월의 하순
언제 알았는지 귀신처럼
밭틀 녘 찌르레기 풀벌레 말을 거네

도반(道伴)

동지섣달 밤
오는 말이 없어
뜻을 이해 못해 오해를 선물하고

춘삼월 이슬 찬 밤은
강가에서 가슴에 꽉 차도록
믿음을 선물하였네

이제 늦가을 뒷마당
산장에서
감미로운 사랑 소복이 담아주는 너

조용한 주말 낮
함께 할 수 있으니
행복하여라
너무 행복하여라

노송

창망한 세월 앞에 선
소나무 한 그루
의상봉, 상백운봉
청산에 어울려 몇 백 년을 살고 있네

너와 나
오늘과 오늘 사이
다른 태양이 있다면
만날 수 있으려나

한평생 인간으로 사노라면
언제나 내 맘대로 널 볼 수 있다 해도

수백 수천을 산 아름드리 몸체
짙은 녹음 속 꽃향기엔
알아보기 어려워라

故 송지연과 조진환 님께

연못 위, 꽤 넓어 이 곳 저 곳 나무가 어우러진 우리의 일터
그런데, 어떤 물고기는 알을 낳기도, 죽기도 하는 업무 대기실에
종이컵 하나에 같은 꿈을 꾸며 신뢰를 담던 우리의 수십 년
운 좋았던 이야기들

참새 스치며 떨어지는 나뭇잎에
숲속 바람과 바람이 또 소리를 내는 이곳은
새로 들어선 건물이 제법 커
많은 이들이 찾아오는 곳인데

작은 날갯짓으로
세월을 떠난 그대들이여

내 시린 발자국 소리에 놀라는 풀 틈 사이
땅 아래, 땅 위
스멀대는 벌레도 다들 잘 있는데

침묵하며 돌아보니 이곳엔
그대들 얼굴만 그림자 되어 살아 있어라

여보게들
전설 같은 서럽고 애태운 한세상 잘 접고

흔들바위 침묵처럼
지난 수 천만 년이 그랬듯이
46억 년 속 어딘가에 고이 잠드시게나…

*송지연, 조진환 : 2008년 40대에 요절한 직장 동료

못골 사람들

nine-six 정시에 문을 열고 닫는
오색 단풍, 은행잎 날리는 길 끝 동두천, 못골 청사
영업장 민원서류 겹겹이 쌓인 사이 사이

종일토록 따, 따르르르릉 후문 앞 2층은
개똥 강아지, 길 고양이 민원 판치는 민원 업무 중에
한 주 이틀, 주말 하루는 직무실에 나와 일해야 하는
조기명퇴로 떠나지 못해 남아 있는
소만한 남자 앉은 직원들은
애써 장기 불황 영업 망함 서류를 외면하고
뜨거운 커피 찻잔만 황망히 들고 난다

nine-six 문을 열고 닫는 따그닥 딱 딱 딱
열댓 명의 컴퓨터 키보드 자판소리 나는 곳

작년에도 신청한 퇴비 신청
올해도 신청하러 온 대머리 어르신
벌 기르는 투박한 손 아저씨
배추 작목반 신청 노 청춘
꽃 축제 신청, 농업인의 날 행사

농업규모가 작아도 하는 우리나라 256시군 일은 다 같아
“나 녹지과 갔다 온다~~~”
민원 말대꾸 곤란할 때면 나가 서성대다 들어오기를 반복하는
하루의 또 하루
어제 지고, 오늘 핀 봄 새잎으로 하루가 시작된다

소나기

세계 최고 챔버 이 무지치*보다 몇 배 강한 감동
우르릉 쾅! 섬뜩한 천둥과
오싹한 벼락을 내리꽂으며 다가오는
2014년 칠월, 홍에 자결하듯 멋진 공연이 열린다

수백 명 탭 댄서의 산기슭 나뭇잎 공연
타다닥 타다닥 북소리
허공에서 사방에서 흩어지고
터지는 소리가 오고 간다

후드득
그칠 줄 모르는 공연의 뒤풀이
콸콸
갯벌 허드레로 변한 도로에

몽골 맺힌
수정 알 든 토란 이파리 하나 들고
푼수처럼 걸어가면 바다 만날까

*I musici : 1952년 이태리 명문 음악원의 12명의 음악인이 창단한 악단

제 3 부

사람, 사람들

자운서원

모든 것이 왔다가 가는
누구에게나 주어진 유구한 세월에
자운서원(紫雲書院)* 적송 숲에
뻥 뚫린 하늘이 산다

하늘과 땅 위에
숙명처럼 영원한 것은 없어도
곱게 떨리는 단풍잎처럼
가장 빛나게 살다 가신 그 분, 어머니

500년, 화석정(花石亭)의 구도장원공* 님 숨결
흰 구름에 뛰어 놀아
소슬바람 헤치며 거닐어 본다

*자운서원(紫雲書院) : 경기도 파주시 법원읍 동문리 소재 율곡의 서당
*구도장원공 : 장원급제 9번을 말함

그 섬, 독도

수억 년
마파람 불어도
텅 빈 바다의
물길을 바꾸는 섬

수억 년
겁난 파도에 맞서
수천 갈매기의 절규를
몸으로 막아낸 섬

수억 년
허공을 잇는
악착같은 이기심을
바위에 혈서처럼 지켜온 섬

수억 년
벼랑 끝 화폭이 겁나게 멋져도
알고도 모르는 척
철없이 검푸른, 거룩한 섬

아버지의 지게

여름이면, 언제나
논에 물꼬보고 오시는 길에 소꼴 베어
지게가 안 보이도록 지고 오셨던 아버지

여름 탓, 입맛 없다 하시고
일을 하려니 "밥 안 먹을 수 없다" 며
고추장에 고추를 찍어 찬물 말아 밥 드시고

낫, 검푸르게 잘 갈아 지게 섶에 꽂고
논밭 길 가던 굽은 잔등에 햇살에 빛나게 길들은
울 아버지 지게

목화밭을 건너서 뽕밭 능선을 타고 가
새들이 노래하는 밭을 지나
겨울엔 빈산을 누비며
"사람은 모름지기 밥값은 해야 한다" 며
군불을 피우기 위해
무릎이며 손바닥에 굳은살이 생기도록
매일 땔나무 한 짐은 꼭 해 오셨던 아버지

이제 아버지의 연인(戀人)은
때를 기다리는 구십 후반으로

잔칫상에도 어금니 없어 음식 못 드시고
아장 자장 걸어 배추밭 기웃하며
말끄러미 보고 있노라면
무심히 눈시울 일렁입니다

쟈스민차에

황사 부는 저녁
통나무 식탁 위에
차향 속에
속절없는 슬픔이 밀려 드네

지금은 쉽게 갈 수 있어도 아니 가는
고향집은

가난에 버거웠던 어린 시절 추억이
파도처럼 밀려 집에 걸어 와 있다

우리 세상에 나와
있는 곳이 다르니
언제나 끝없는 그리움뿐

이만큼 산 인생도
이만큼 느낀 사람들도
강변 모래알처럼 알 수가 없으니

수만 년의 세월 속에
그 누구의 가슴 속도
나와 같이 느끼고 죽어갔겠지

이렇게 바람 부는 밤
아직도
난 여기 있어
눈물이 나네

침묵

너와 나
지금 말없이 걷고 있네
흑빛 옷차림의 수많은 청춘들도
수락산을 향해 걷고 있네

너와 나
지금 말없이 걷고 있네
두 어깨엔 무겁게 양식과 물을 메고
봄비가 내린 질펵한 산을 오르네

너와 나
지금 말없이 걷고 있네
힘겨워 말 못 하고
침묵이 좋아 말 안 하고
할 말 없어 말 못 하고
듣기 싫어 말 안 하고

너와 내가 말하지 않는 것은
침묵일까
진실일까

경칩 전 오후
그렇게 산을 내려오네

새신 신고

새신을 신고
마당을 내려 서 보니
눈부신 햇빛에
아지랑이 아롱아롱
어지럼증이 일어나네

새신을 신고
앞뜰을 걸어 보니
매화꽃 눈 시리게 웃고 있네
봄의 격동에 심장이 천둥 치네

사납게 추운 날 오후
서러운 추위 이겨낸
요동치는 땅속은
내 맘 알까?

눈부시게 좋은 날
굽 높은 광나는 구두 신고
대문을 나서 보니

새신 신고 떠난 님은 기별 없고
봄만 성큼 예 와 있네

수해

잉어 붕어 짝짓기하며 놀던 낮
비가 오던 신천
물 위에 물이 덮쳐
한강이 되었다

산골짝 산꼭대기
산중턱 산자락
돌, 나무, 산 흙 순식간에
아버지가 고장 난 바리캉으로
오빠 머리 빡빡 밀어
단숨에 반듯한 수직 고속도로로
집과 길엔 조개 없는 갯벌을 만들고는
도망치듯 달아나 버렸다

부서지고, 망가지고, 찢어지고
난장판…
죽은 나무들 시체가 널브러져
상처 난 거리
두 주일 복구 작업에

20사단 군인, 2사단 미군 엄청 나와
물 젖은 가구 끌어내고

빨래 설거지로 녹초인데

돈 많은 어떤 님은
폼 나게 수해지원 품 내려놓고
찰칵! 찰칵!
사진 두 방 찍고 가는 정오(午時)

허리춤 넉넉한 이웃 집 아낙
머리에 이고 온 가래떡 한 말 두고
웃고 가네

장미

넝쿨장미 사이로
오월의 하늘이 있고

넝쿨장미 사이로
너와 나 살아가려니
사람과 사람 사이 넝쿨이 되어

이 세상 어느 누가
이보다 더 고운 눈에 너를 담을 수 있으리

네가 있어도
나는 네가 되었고
내가 없어도
너는 나로 살아가고 있으니

언제나, 아무 부끄럼 없이
폭풍 속에서도 흔들리지 않는 바위처럼
먼 세상 아득한 곳을 바라보며
햇살 받아 느슨해진 언덕 위에
산만큼 권태로운 사람들과
어우러져 있노라니

네가 없는 오늘도
바람처럼 아무도 모르게
하루가 그렇게 간다

첫 이슬

까만 눈 품은 밤 가면

밤새
소복 소복 풀잎에 핀
부처 사리 이슬 꽃

입추
햇살 입김에 열 받아
눈물만… 주루루 루

올 아카시아에게

오뉴월의 산은
햇빛 곱고 아름다운 향기 있어
가지가지 예쁜 나뭇잎은
세상을 온통
푸르디푸른 바닷물 그림을 그리고 있네

사계절 중 오월은
계절에서 정해진 사랑만 할 뿐
멈춘 듯 멈춘 듯한 세월도
아카시아 꽃향기 속에
아무도 모르게 지나가고 있네

삶이란
다시는 되돌아올 수 없는
단 한 번의 오지여행

내 앞에서 사라진 오늘처럼
언제나
떠나면서
언제나 떠나면서도
다시 돌아올 줄 착각하며 사네

이맘때, 뚝방

일곱 여덟
열 마리쯤 되려나
저녁 길 여치 귀뚜라미 뚝방 길에서 노네

쇠똥밭에 굴러도 이승이 좋다는 여기는
서로 잘 살려고 아우성인데
물고기, 돼지, 꿩 사냥하며
별 도리 없이 먹고 살기에 열중했던
먼 옛날 누구도… 이맘때
나 모양…
이리 듣고 살다 가셨을… 선조님들

그땐, 더 춥고 더 덥고 더 스산하고
더 고독하게 사셨는지요?

약 한 봉지 입에 털어 넣지 않고
비바람 황량하게 맞으며
주어진 삶 잘 살다 가셨을 분들

축생일까
천사일까

아, 지금은 어디 계시온지요

사람, 사람들

엽록이 사방을 휩쓴
45억 년을 사는 지구에
시공을 따라

세상을 살아간 사람
세상을 살아가는 사람
세상을 살아가게 될 사람

먹거리를 찾아
강산을 지나서 들판을 만나고
비바람 맞으며
외로움 잊고자 가족을 이루었고
제각기 별을 보며 약속한 일

땀 흘려 저마다 더 잘 살고자
세월을 살아냈던 사람들

여기, 수레바퀴로 돌아가는 길 따라
너도 나도
오늘도 내일도
또 그렇게 오고 가리

눈(雪)에 써 보는 편지

새벽부터
솜털처럼, 깃털처럼
가볍게 날리더니

온갖 세상
포근하게 덮고 있는 나뭇가지를
"톡" 쳐 보니
구름처럼 바람처럼 흩어져
세상 끝으로 날아가는 눈보라가
세상 끝 다 알 것 같은 오늘은
사랑스런 연인으로
눈이 옵니다

내 조그맣고 예쁜 뜨락부터
먼 산 너머까지
백색의 순수함이 하늘과 맞닿아
내리고… 내리고… 내리니
이내 품속 떠날 수 없어라

먼 곳의 그대여!
지금 무얼 하시기에 눈에 실려
이 가슴에 와 계시는지요

푸르게 그리움이 저미는 밤
행복한 지난날의
그대를 그려 봅니다

내게 다시 없을 지워지지 않는
가슴 뛰는 천상입니다

Earl Grey*

초록 들판 머금은 연둣빛 얼굴
투명유리 다기 속에 살아난 맛이
상큼한 향기
수백 년의 세월 놓이지 않는 너를
음미하니

세상에 하나뿐인
누구의 마음일까

가을에도 봄처럼
겨울에도 봄처럼
입 안 가득 묻은 향내 떠날 줄 모르니

술 취한 듯 가슴이 달아올라
두 눈 감으려니
눈물이 나네

*Earl Grey : 영국의 Earl Grey 백작이 마셔 유명해진 허브차의 일종

연(蓮)차

밝은 빛 다기 가득 네가 앉아 있어
보름달로 찾아온 향기 품은 야릇한 자태
뭇사람 가슴 흔드는 혜원(蕙園)*의 밀월인데

오솔길 걷는 넉넉함으로
서로의 마음 조금씩 내어주고
찻물 넘치지 않는 받침을 더한 여유가 있어
향내는 향내와 통하고
마음은 마음과 온정을 데워
혀끝으로 통정하는 오늘

한 송이 꽃
내 안의 영롱히 불타는 석류 있어
침묵의 부처님 미소 시나브로 영근다

*혜원(蕙園) : 조선 후기의 풍속화가 신윤복(申潤福, 1758~?)의 호. 조선시대 삼원의 한 사람. 고령 사람. 도화서(圖畵署)의 화원으로 상류사회의 풍속도나 기녀, 유락도를 잘 그렸다.

왕방산나물

씨앗 하나 바람에 실려
산등성에 와
호젓이 자란 풀

산뜻한 향취는 햇살에 살아
따갑게 눈부신데

수천 년, 산속에 살아
산토끼 마음일까?
다람쥐 마음일까?

나른한 봄날
어느 님 발길에 걸려
수줍게 꺾여 있어도
그 향은 죽지 않아라

제4부

엄마의 이름

다섯 냄비

구십하고 칠세
수상한 울 엄마

자꾸 말을 앞서가고 딴말로 알아듣고 중어리 중어리

구부러진 손가락으로 음식하다 태워 먹고
몽땅 장애자 된 다섯 냄비 중 하나 들어
된장, 고추, 두부, 마늘 넣고 끓이다 또 태워 버렸다

아들 내외와 딸 셋
장마통에 기어들어온 개미, 지네, 노랭이, 돈버러지

사람보다
곤충에 더 애착이 가는지 죽이지 말라며 역정 내다가
맛난 과자 하나 입에 넣고
검게 탄 냄비 징한 때 번개같이 지운다

칠봉길

종이골 뒷산
으뜸 아파트와 토지주택 아파트 사이길 지나
사차선 도로를 건너면

이름 모를 나무들과 떡갈나무 숲 사이로
이름 있어도 알지 못하는 풀들 틈에
꺾이고 휘어지며 밟혀도
새싹으로 태어나는 도토리 싹 틈
수명을 다해 죽거나
죽어가는 나무들 사이
나보란 듯 새침 앙큼하게 자란 푸른 이끼 이끼들

건강을 위해 쉬어야 하는 환자와 보행 장애자
육신의 뼈로는 지팡이도 무거워 비틀거리는 약한 영혼들
허벅지가 터질 것같이 팽창한 아이까지
내 일상에 눈 안에 들어 와 있는 사람들에게
육군 이병처럼
고개를 숙여 정중히 하고
때론 손바닥을 서로 부딪쳐 건강 인사를 나누며
돌아오는 두 시간 남짓, 일곱 봉우리길

어느 출근충*

7시가 되기 전에 눈을 떠, 밥솥에 제일 먼저 인사를 하듯 먹거리를 챙긴 후, 작은 어항 다섯 마리 물고기 밥 주고, 베란다 화초 돌보며 이른 아침 창밖의 수많은 자연을 잠시 본다

나는 엄마, 아이들을 깨운다
그리고 피부의 "때처럼 보인다"는 호밀로 군 빵에 햄과 치즈, 야채를 넣고 된장을 발라 두 겹을 붙이고, 중간을 잘라 호일에 말아 놓고, 과일 두 개를 씻어 먹으며 아침 준비를 한다

중학교 1년, 아들은 그렇게 아침을 먹고, 사춘기 딸은 얼마 전부터 아침을 굶어서도 여전히 대단한 체구를 하고 고등학교로 간다

출근 1시간 전, 대충 그릇을 닦아 올리고 집을 치우고 욕실로 뛴다
수도꼭지가 터지게 물을 틀어 간단한 옷을 빨고 샴푸를 하며 양치를 하노라면 어디서 전화가 온다

대충 닦고 수건을 든 채 뛰어가면 전화가 끊기는 일
전화기를 들면 화면에 무응답… 두 번 하고 다시 들어가
계속 닦고…

속으로 “지각하지 말아야지” 다짐하지만
아침에 하는 일은 모두 무아지경에 이른다

이렇게 직장을 다니며
난 이런 아침을 즐기나 보다
삼십년 세월이 소리 없이 목을 꿀떡 넘는다

*출근충 : 타의에 의해 매일 출근해야 하는 벌레를 빗대어 만든 현대 신조어

아버지 애(愛)

바람 부는 오후
산책길에서 돌아와
허브 차 마시니
통나무 식탁 위에
속절없이 목에 걸린 슬픔
오토바이 폭주하듯 밀려드네

황사바람 부는 저녁
지금은 쉽게 갈 수 있어도 아니 가는
고향집 생각나네

돌아가신 아버지에
꼬부랑 허리로 백수를 바라보는 어머니

가난이 버거웠던 어린 시절
형제들과의 정겨운 추억
파도처럼 밀려오네

우리 이 세상에 나와
살아가는 곳 서로 멀어
있는 곳이 다르니
언제나 언제나 끝없는 그리움뿐

이만큼 산 인생도
이만큼 느낀 사랑도
강변의 모래알처럼 많아도
아버지 사랑 알 수가 없으니

수만 년의 흘러온 세월 속에
그 누구의 가슴 속도
그 님 사랑의 고뇌로 죽어 갔겠지

이렇게 황사 바람 부는 밤
아직, 나 여기서
눈물 흘리네

한탄강에서

내 고향은
큰 나뭇가지 위 까치가 집 짓고
명경처럼 물 흐르는 강이 있는 곳이네

늘 평온하게 담배를 피워 물던 아버지와
농사일에 지쳐 정신 없으셨던 어머니

봉숭아, 맨드라미, 백일홍 핀 마당가에서 뛰놀던 사촌
나처럼 흰머리 휘날리며 고향을 추억할까

지는 해 눈시울 붉어지는 강둑에 앉아
그리움의 종이배 한 척 강물에 띄우네

세월

상백운대* 오르다 무릎을 깨야
세상이치 알아질까

님 마음은 저버려도
노송은 그 자리에서
세상이치 일러 주네

춥다 않고 수백 년 겨울 지켜선 자태
나도 곧 지천명 당도함이 기다려지네

*상백운대 : 동두천시 북쪽 소요산의 최고봉

동경 바람에

먼 하늘을 스치는 유령입니다

바라보아도
돌아보아도
아무것도 없음은
그저 먼 하늘이었음을 알게 하지요

동경(東京)* 활주로에 무한창공은
보이는 것일 뿐
내리막으로
오르막으로
쉽게 떠난 것처럼 그렇게 돌아와
쉽게 잊고 마는
먼 하늘의 그 바람이지요

훠이훠이 바쁘게 살다
때 되어
나 흙이 되어 날려도
누군가의 귓전엔
억겁(億劫)도 오늘처럼
계절을 달리하여 부는
그냥 그 바람이지요

*동경 : 일본의 수도, 도쿄

봄볕 인연

따스한 햇볕이
곱게 내리쬐니

처음 본 눈큰이는
야밤에 노래하며 손을 잡아끌고

학창시절 벗은
대낮을 배회하며 외롭다 술 마시고

50년 악사는
누구든 함께 살자 밤낮 없이 노래하지요

창가에서 먼 마을
아지랑이로 오는 인연들은

자유롭게 태어나
쇠사슬로 묶여 살아
봄볕 아래, 빛만 못 하네

산은

창문 너머
무연히 보이는 풍경 속

산에는
산이 있고
산 넘어 산이 있어
그 산 버리고 떠난 여행
산이 멀어져 가면 갈수록
추억이 각인되고
안경 속 눈가에 슬픔이 가득 쌓여 갈 수 없네

사월 봄기운에 농익은
이 산 저 산이
사방팔방 유혹해도
창문 너머 뵈는
앞산보다 더 멋진 산 없어
나 돌아가려네

동쪽 꼬부라진 길 건너
샘물 길 따라 그 산 아래 다다르면
세상사람 다 없어도
모든 거 다 주어 아깝지 않은 다정한 눈빛 있어
저 멀리 고개 숙여 산을 내려가네

바라볼 수 있는 그 자리

너 그리고 나
그런 우리 둘 자리

두 자리

너와 나
서로에게 가까움을 원하지 않습니다

너와 나
서로에게 소유를 원하지 않습니다

너와 나
서로를 얘기하지 못합니다

우리 둘은
가까워도
소유해서도
자랑해서도 안 되는
우리 둘만의 사이지요

너와 나
나의 너

언제나 변함없이
옆에 있어 주기를 바라고 있는
네가 마음에 있어
오래토록

행복

행복해
삶이 고단하고
괴로워도

'나' 찾는
'네' 가 있어
나 행복해

우리들 마음이
너무 멀어
수이 볼 수 없어도

천둥번개 함께한 비바람에
폭풍이 무서운 비 오는 날 밤
그리운 이 살아있어
내일 또 볼 수 있으려니, 행복해
정말 그렇게 행복할 수 있다면…

저승길 급히 가는 한국인

30년 전, 어릴 적엔
헐벗고, 가난하고
먹고 살기 힘들어도
자살하는 사람은 드물었는데

지금은
스마트폰 없는 사람 없고
굶어 죽는 사람 또한 없고
범죄자도 입고 있는 노 페 스 등
옷 없는 사람 없고
너무 먹어 모두들 다이어트를 말하면서

우리 주위는 온통
모두가 다 불행하다
눈 뜨면 누가 또 죽었고… 죽었고… 죽었단다

무엇으로 인격을 평가하고
무엇으로 성공을 가늠하고
무엇의 잣대만이 행복이려나

해외에서는
성공한 나라라고 오고 싶어 아우성인데

엄마의 이름

연초록 셔츠를 입고
보조개 예쁜 녀석
내게 말을 건다

"나 나이 이렇게 다섯 다섯 살이야"
"이게 뭐야?"
"명찰"
"그게 뭔데"
"이건 내 이름이지"
"이름이 몬대"
"김고은향, 너 이름은 뭐야"
"사무엘"

"너희 엄마 이름은 뭐야"
"이름"
"그래 이름"

"이름이 아니구… 그냥 우리 엄마예요"

개소리

사람이 보이지 않는
산 먼 아래
여느 집 구석에

허연 개 한 마리
앙칼지고 꾀죄죄한 개
요란하게 짖어대며
뛰어 나와 생.발.광.
짖고, 짖고 또 짖고
역시 개야 개, 개소리

전혀 모르는
어느 집 개
한 번 본 적이 없어도
문 앞 기둥처럼 서 지키고 있다가
엎치락 뒤치락
달려들며
짖고 또 짖고

"개님, 잘못했어요. 돌아 갈께여~~" 하며
소파 위로 올라갔네
주인이나 개나

'오십보 백보' …… ㅋㅋㅋ

어느 집 앞
누런 개 한 마리
신나게 달려 나와 반기더니
이내 먼데 보며
물끄러미 서 있네. 후후후…

2014, 지금

…누구인가

남에게 거만하게 군림하여
폭언과 폭력을 행사하며
숨겨 놓은 흡혈귀의 심사로 성폭력과 거짓말을 나누며
자기 이익 챙기고 이권개입하고 부정을 일삼는 자

잘 나가는 인사들은
셀 수 없는 가면으로 무장을 하고

정직하게 그럴 듯하게 비춰진 사람들은
민중을 볼모로
가당찮은 밥그릇 챙기기에 목숨을 건다

위에서부터 아래까지
화폐 착취에 혈안이 되어 있을 때
그림처럼 꾸며진 대중매체 연극에 놀아나고

무감각과 불신은 서민들에게 파고들어
입에 담지 못할 익숙한 욕설들을
공공기관에 쏟아낸다

누가 듣는다고
누구에게 하는 것인지…

구월 소요산

산 아래
줄지어 꾸며진 큰 길 따라
나무들 가식 없이 자라는
요석궁을 지나가도
가을은 아직 내려오지 않았다

산비탈
천삼백 신비로운 원효폭포로
함께 지킨 보물들
자재암 뒤 두 그루 노송은
'반야바라밀다심경' 거룩히
받쳐 있는데

낭떠러지 돌 마당에
다람쥐 둘은
놀란 가슴 안고
나보고 숨네

*반야바라밀다심경 : 반야는 '지혜, 깨달음' 의 뜻, 바라밀다는 '저 언덕에 이르다' (到彼岸)라는 뜻이다

제5부

도량명상

꽃 진자리 빈자리
전도몽상
거울
관세음보살
연등제
소요동산
거울 속으로
낙산사 해돋이
옴 마니 반메 훔
도량명상 · 1
도량명상 · 2
소요산 영원사
사리
촛불
천도제
수행길

꽃 진자리 빈자리

산꽃 지고
벌 나비 발길 멈춘
꽃 진자리 빈자리는

지고 피는
진여(眞如)의
참 모습인데

더구나
빼꼼이 내민
파란 씨방

사리같이
몽롱한 반야의 눈빛이고

보면 볼수록
청정심 넘치는
불성의 차오름

전도몽상(轉倒夢想)*

언어의
획순 하나하나로
여백을 채워가는
찢기고
눌리고
밟히고
더럽혀진 긴 나날들
수행과 정진으로 과제를 풀어
열반에 들어
시(詩)로 거듭나기를 기다리네

만병의 근원이 무지(無知)라 했나
모르고
안다는 척
몽상(夢想)으로 사는 나날
새 봄
땅 울림 씨를
뿌린다

*전도몽상(轉倒夢想) : 반야심경(般若心經) 中《대반야바라밀다경》의 요점을 간략하게 설명한 짧은 경전, 당나라 삼장법사인 현장(玄奘)이 번역한 것으로 260자로 되어 있다. 생각과 마음이 뒤집혀지고 거꾸로 됐다.

거울

나는 네가
너로 하여금

눈 익혀 본 내가 나일까

매일 아침
설레이게 이 곳 저 곳을
앞으로만 보며
너를 예감하는데

아버지를 닮은 내 젊음이
너무 환하고
너무 정확히 기울어질 때

숨소리 감추고
가까이 더 가까이
바로 내가 내가 아닌 착각의 나로 스친 영상

날개를 달고
저 깊은 곳을 향해
한나절 그 깊은 곳을 뚫어지게
사팔뜨기로 아무리 눈여겨

매일 밤낮 아무리 얼굴 봐도 모르는
젊음 사그라져 버린
가슴 아릿한 오늘 본 거.울.

관세음보살

생 인연으로 만난
高三 아들 근심으로
시오리길 걸어
고향집 마당 내다보이는
수불사(修佛寺)* 삼성각(三聖閣)
부처님이 주신 촛불 앞에
무릎을 꿇었다

땅 개미는 제 하고 싶은 대로
부지런히 오가는 휘어진 방벽 앞에
부처님전 등불 아래
마음 하나 둘 곳 없는데
대웅전 밖, 바람에 쫓기는 나뭇잎
샛눈에 비치는 사연들 뜨고 보고 또 봐도
여기도 저기도
설익은 단풍뿐, 공중제비 널뛰다 만
고요한 오후는
바람도 나뭇잎도 바로 나
모두 공연한 연기(緣起)*라 하네

*수불사 : 경기도 연천군 청산면 창신로 소재 대한불교 조계종 사찰
*연기(緣起)설 : 불가의 우주론. "모든 존재는 이것이 생(生)하면 저것이 생(生)하고, 이것이 멸(滅)하면 저것이 멸(滅)한다"는 만물의 상호의존성의 인과관계를 말함

연등제

산사 뜨락
줄줄이 서서
사알짝 사알짝
흔들리며 블록탑으로 밀려오는

소원성취, 연등

돌탑을 돌던 마음
잠시 내려놓고
게송 읊던 산중바람

주렁주렁
모로 세로
연등 올리는
세상사 갖은 일로 속 타는 가슴

땡볕, 휘영청 보름달 등으로
을미년을 보듬는 회암사* 사월 초파일 연등제

*회암사 : 양주시 회천읍 덕정리 소재의 대한불교 조계종 사찰

소요동산

노을도 지나다 귀 기울여 듣는
청정한 목탁소리
소요동산 누리에 퍼진
해거름 사사공양(四事供養)* 염불 송에

어둠 깔고 잠자던 불심
밀물로 다가온다

*사사공양(四事供養) : 4가지 물건으로 올리는 공양으로 탐심을 버리고 마음을 닦아 복덕의 문을 여는 행위

낙산사 해돋이

새벽마다 홍련암
대웅전에
산기운 감아 도는
수평선 위에
출렁이는 해맞이 운해

상서로운 기(氣)
서서히 노니는 꽃구름 사이로
솟아나는 부챗살 넘어 온

삼십팔 년 중앙역 앞에서 가게 문을 연
이발소 그림으로

어둠 걷힌 운해 해송 숲
한밤중
문득 졸다 누워서 돌린
사십이 인치 고화질 별 세 개 티비
연말 방송 오색찬란한 무희 옷자락으로
화답하듯 밝아온다

거울 속으로

수천 억겁을
찰나로 이은
세상에서 가장 밝은 블랙 홀

내가 나인 걸 알게 해
어느덧 잡념이 사라질 즈음

내 꽃은
눈이 멀어 못 보고
길을 몰라 못 가고
너무 높아 못 본 찰나로

나를 나로
알아볼 수 있는
상서로운 한 기운은 시들어도

수많은 골목 어귀를 돌아와
알아 볼 수 있는 건
엄마는
태곳적 엄마의 엄마인 걸

아직도 먼 나라 구름 넘어

탯줄 속 이야기가 담겨
넝쿨에 달려 있는
너와 나의 청동거울 속으로

옴 마니 반메 훔

침묵 속으로
굳힌 입
보살행으로

힘겨운 삶
전생의 업 벗고자
몰입 기도하는 참회의 밤

내 삶 어리석어 서러워도
암소의 되새김으로

"옴 마니 반메 훔"
"옴 마니 반메 훔"
"옴 마니 반메 훔"

*옴 마니 반메 훔 : 우주의 지혜와 자비가 마음에 퍼진다

도량 명상 · 1

좌청룡
우백호
품어 앉은 자비도량
서벌정토* 푸른 숲
잠든 불심 깨우쳐

일체대재난* 사르는 번뇌망상
성불의 꿈 이루려 사르는
천수경 독송

푸른 물 휘어져 내리고
원효샘가 나한대 기도도량
천년 암석 기운 서늘히
아무도 모르는 마음이 온다

*서벌(徐伐)정토 : 새로운 나라, 동방의 나라, 성스러운 장소라는 의미
*일체대재난 : 천수경의 한 구절(일체의 모든 어리석음을 피할 수 있다)

도량 명상 · 2

사바의 세속인
오갈 때마다

풀잎 휘어지고
맑은 마음
오롯이 담은
화두 한 절 품고 거니는 저녁

귀 세워 엿듣는
실개천 조약돌 가 이끼 자라고
산 까치 노니는 원효샘
여태, 여긴
보리수나무 아래 수레바퀴가 도는 화랑*이어라

*화랑 : 삼국시대 신라를 칭함

소요산 영원사*

일주문 지나 작은 굴
폭포를 마주쳐
석조약사여래불*이 있고
천년 절터 살던 공주봉을 가도 되는
속세교 지나 108계단 넘어 해탈문을 오르면
백은선사 석축을 내려 보며 걸어
토끼풀 먹고 노는 한 모퉁이를 돌아
문수전, 대웅전,
보타전이 남쪽을 보고 있다

그 끝에 석등 하나 나한굴이 있고
마당 끝 우렁찬 청량폭포
멋쩍게 서서 산새 기다리는 감나무
지칠 줄 모르게 고귀하게 선 적송 멋을 더해

더러움도 깨끗함도 없이
호탕한 덕암(德岩)스님 정진하는
소박한 멋이 사는 예가 자재암 영원사이네

*영원사 : 소요산 자재암의 옛 이름
*석조약사여래불 : 지성으로 기도하면 누구나 한 가지 소원을 이루게 해 주신다는 여래불임

사리(奢利)

불길이
타오르고 남은
……………여분의 몫

구도의 흔적
여과 거친
흰 뼈 가루가
오묘한 다이아 빛
눈깔을 내놓아
수천 년 경이로이 빛나는 깨달음의 보물

촛불

타는 불심
살점 깎아 죽으며
흘리던 눈물 다 마르면

남는 건
광산굴 보석 캐듯 치루는
촛농 속 다비식* 치룬

볼수록 고혹적인
온갖 마음들 다 비춰 보는
알 수 없는 까만 눈동자

*다비식(茶毘式) : 시체를 화장하여 그 유골을 거두는 의식

천도재*

구름 없이 파란 날
산골짝 영혼이 오가는 절집이 곱다

사성제* 팔정도* 모른 채
알게 모르게 죄짓고 이생 다 마친
저승의 문턱에서
그 님, 장삼(長衫)* 사이로
하루에 또 하루에
지옥과 천국을 오고 간다

이제 그 님
구름보다 만나기 어려운 삶
어디 계시나요?

영혼이시여~ 설레이게 행복하소서

*천도재 : 죽은 이의 영혼을 극락으로 보내기 위해 치르는 재
*사성제(四聖諦) : 고(苦), 집(集), 멸(滅), 도(道) 불교의 근본사상
*팔정도(八正道) : 불교 수행에서 고(苦)를 끊는 길(道)에 대한 여덟 가지 올바른 길
*장삼(長衫) : 명주로 만든 스님의 긴 웃옷

수행길

가부좌
면벽좌선…… 무심의 참선

오만 가지
번뇌 망상
깊이 사르는 성불의 길

모두 가도
다가갈 수 없는
아직도
머언 그 길

자기 회복과 명상적 언어의 조형미

– 김고은향 시집 《거울 속으로》의 시세계

深 谷

1. 들어가는 말–서정적 시(詩)란?

필자(최중기)는 시인을 운명적으로 타고난 방랑자로 정처 없이 주유하는 유랑인이라 부르고 싶어 한다. 왜냐하면 시인은 감각이 존재하는 한 여백 위로 나서는 묵객이라 생각하기 때문이다. 시인의 발끝은 언어가 살아나는 '시상' 이 체험을 통해 넘쳐나는 에너지원이며, 시적 메소드(method)로 언어화하여 창작욕을 가미함으로써 '시' 라는 작품을 탄생시킨다. 더욱이 자연과 자유롭게 소통하고 체험을 통해 창작욕을 일깨운다고 생각하기에 유랑에 근거한 시창작이야말로 시상을 제대로 내보이는 원천으로 믿고 있다.

그렇다고 막연하게 떠도는 노바디즘(유목주의)과는 별개로 환경 변화 없이 기본적인 일상생활을 유지하면서 심리적 유랑 상태에서 주로 접하는 시재가 '사람' 과 '자연' 일진대 '그 사람', '오솔길', '실개천', '나무', '새', '뚝방', '빈집' 등등의 요체가 감성과 소통되면서 시감이 발효되어 창작욕을 불러일으킨다. 바로 김고은향 시인의 시가 이런 류의 시재를 종교적 사유의 세계, 특히 불교적인 사유의 세계에서 서정적 시로 용해되어 표출됨으로써 세간의 눈길을 받게 되었다고 생각된다. 특히나 상상력으로 조미한 김 시인의 시감(詩感)은 독자를 자극하게 되고 감동을 주는 큰 울림이 되면서 가치가 적확하게 평가되어 시적 함량이 제법 무겁게 느껴진다.

또한 김고은향 시인은 서정성을 노래하는 시인이면서 깊이 사유하는 시인으로서 향토색 짙은 본향을 그리움의 이미지로 그려내는 시풍이 특별하게 보인다. 어쨌든 특별하게 기억할 수 있는 고향이 있다는 건 시인에겐 매우 큰 자산이다. 끊임없이 상상하고 사유할 수 있는 본향이 있기 때문에 김 시인은 공직에 몸담아 오면서도 '시재' 의 끼가 넘쳐나 이미 수년 전에 『한국작가』와 『한비문학』으로 등단하여 현재 동두천문인협회 사무국장으로서 문단활동과 함께 작품활동을 하고 있는 것이다.

고향이 없는 인간은 존재하지 않으며 제 나라 역사가 없다면 그것 또한 존재의 가치를 백지화시키는 슬픈 운명일 것이다. 그런 견지에서 김고은향 시인의 시편들은 작품으로서의 성패 여부를 떠나 우리들 가슴에 밀착되어 오는 좋은 시세계다. 오늘의 고도 산업화 사회에서의 상실감에 젖은 고향의 감성 회복 추구야말로 현대시의 참다운 모습이며 그것이 곧 서정성을 모체로 하는 '노래' (song)가 되는 것이다.

영국의 대표적 여류시인 크리스티나 로제티(Rossetti, Christina Georgina, 1830~1894)는 〈누가 바람을 보았을까〉에서 "나뭇잎이 흔들릴 때/ 바람은 스쳐 지나갔다네" 라 하여, 바람이 스쳐 지나간 것을 깨달았다는 자연의 경이(驚異)를 파고든 명시로 유명하다. 김고은향 시인은 이번에 처녀시집 《거울 속으로》를 상재함으로써 21세기 고도 산업화 사회에서의 고향 상실이 엄청난 현대적 비극이라는 경이(驚異)를 서정시로 새롭게 노래하며 한국시문학사에 화려하게 등장했는데, 역시나 시 이미지를 참신하게 형상화시킨 그의 창조적 메타포가 더욱 놀랍고도 새롭게 느껴진다.

2. 명상적 감각의 유전자

시는 개성적으로 부각된 정서적 상념을 시인 스스로 어떻게 서정적으로 빼어나게 이미지화 시키느냐 하는 것이 시작법의 중요한 과제다. 김고은향 시인의 시세계를 대하면서 전편적으로 느낀 것은 명상적 감각이 특출날 뿐만 아니라 사유의 세계에 깊이 천착하여 순수 서정의 로맨틱 리리시즘이 조화롭게 다루어지고 있다는 점이다. 시의 크기를 재거나 분량을 정할 규정 같은 것은 따로 없다. 누구나 읽어서 공감한다면 우선 그의 시세계는 성공한 것이다. 여기서 김고은향 시인이 표제로 발표한 시 〈거울 속으로〉에서는 어떤 내면의 이야기를 시로써 이미지화 시켰는지 살펴보도록 하자.

수천 억겁을
찰나로 이은
세상에서 가장 밝은 블랙 홀

내가 나인 걸 알게 해
어느덧 잡념이 사라질 즈음

내 꽃은
눈이 멀어 못 보고
길을 몰라 못 가고
너무 높아 못 본 찰나로

나를 나로
알아볼 수 있는
상서로운 한 기운은 시들어도

수많은 골목 어귀를 돌아와
알아 볼 수 있는 건
엄마는
태곳적 엄마의 엄마인 걸

아직도 먼 나라 구름 넘어
탯줄 속 이야기가 담겨
넝쿨에 달려 있는
너와 나의 청동거울 속으로

– 〈거울 속으로〉 전문

도입에서부터 불교적 사유세계에 깊이 천착하여 “수천 억겁을/ 찰나로 이은/ 세상에서 가장 밝은 블랙홀”로 지극히 간명하게 시공간적으로 거울이 존재함을 확연하게 나타내 보이고 있다. "너무 멀어 못 보고/ 길을 몰라 못 가고/ 너무 높아 못 본 한 인생사/ 나를 나로/ 상서로운 한 기운으로/ 알아 볼 수 있게 한/ 태곳적 엄마의 엄마인 걸"로 비로소 뒤돌아보는 인간사, 아니 여자의 일생을 스스로 인지하면서 삶의 의미마저 되새기게 하는 거울이 어쩌면 실물이 아닌 마음 속의 거울로 존재의 의미를 되찾게 하는 것 같아 가슴이 먹먹해진다.

문단사를 통해 명멸해 온 서정시, 낭만시, 계몽시, 참여시 등을 각 계파에 나누어 비춰볼 때 그래도 서정시는 꾸준히 자리를 유지하고 있는데, 여기서 잠시 김고은향 시인의 시중에서 어떤 유파에 길들여지지 않은 시 한 편을 뽑아 살펴본다.

> 일곱 여덟/ 열 마리쯤 되려나/ 저녁 길 여치 귀뚜라미 뚝방 길에서 노네// 쇠똥밭에 굴러도 이승이 좋다는 여기는/ 서로 잘 살려고 아우성인데/ 물고기, 돼지, 꿩 사냥하며/ 별 도리 없이 먹고 살기에 열중했던/ 먼 옛날 누구도… 이맘때/ 나 모양…/ 이리 듣고 살다 가셨을… 선조님들// 그땐, 더 춥고 더 덥고 더 스산하고/ 더 고독하게 사셨는지요?// 약 한 봉지 입에 털어 넣지 않고/ 비바람 황량하게 맞으며/ 주어진 삶 잘 살다 가셨을 분들// 축생일까/ 천사일까// 아, 지금은 어디 계시온지요
>
> – 〈이맘때, 뚝방〉 전문

군이 분류하자면 자연을 노래했다는 측면에서 서정시라 할 수 있겠다. 회화적으로 수채화 그리듯이 아니 이야기하듯이 읊어 나간 부분에서 새로운 흥을 돋우는 능력이 탁월한데 시

후반부에서 "약 한 봉지 입에 털어 넣지 않고/ 비바람 황량하게 맞으며/ 주어진 삶 잘 살다 가셨을 분들// 축생일까/ 천사일까// 아, 지금은 어디 계시온지요"라며 의문으로 남긴 설의(設疑)적 환치의 수사법이 자칫 무거운 분위기로 가라앉을 수 있는 상황을 경쾌하게 이끎으로써 자연스럽게 반전시키는 재치가 돋보인다.

3. 연기설과 무위자연의 이해

오늘날 문예사조의 흐름은 언어몰이로 현재화하고 긍정과 부정의 양극성에서 파생되는 문제의 해결이 시인들에 의해 유지돼 왔음을 주목하면 시대적 상황에서 그 나름대로의 자아 극복수단으로 독자적인 틀을 형성해 왔다고 볼 수 있다. 계파별로 이어온 문단사는 과거의 청록파를 비롯 계몽주의파, 주지주의파 등 전반에 걸친 맥락에서 탈관념으로부터 파생된 포스트 모더니스트들의 디지털리즘(오진현), 선시(정광수), 민조시(신세훈), 밀핵시 등등 전통을 부정하는 모더니스트가 아닌 과거의 회복과 자기실현의 현대감각의 극복 차원에서 디지털 문학을 선언하여 새로운 바람을 일으키고 있다. 김고은향 시인의 선미(禪味)가 풍기는 시 세계는 어떠한가. 시 〈관세음보살〉을 읽어보자.

생 인연으로 만난
高三 아들 근심으로
시오리길 걸어
고향집 마당 내다보이는

수불사(修佛寺) 삼성각(三聖閣)
부처님이 주신 촛불 앞에
무릎을 꿇었다

땅 개미는 제 하고 싶은 대로
부지런히 오가는 휘어진 방벽 앞에
부처님전 등불 아래
마음 하나 둘 곳 없는데
대웅전 밖, 바람에 쫓기는 나뭇잎
샛눈에 비치는 사연들 뜨고 보고 또 봐도
여기도 저기도
설익은 단풍뿐, 공중제비 널뛰다 만
고요한 오후는
바람도 나뭇잎도 바로 나
모두 공연한 연기(緣起)라 하네

– 〈관세음보살〉 전문

문학은 언어의 창조와 심상(心象)의 표출이다. 그러므로 언어적 용법으로 대상의 요체를 주시하고 사유한다. 고로 불자로서 보살행 자체가 법음(法音)의 중심에서 '선어'를 모아 배합하고 나열하여 맛이 짙은 선시(禪詩)로 거듭난다. 시 창작 역시 수행이다. 시인에게 있어 뼈를 깎는 고행의 결정체가 바로 시다. 여기서 관세음보살을 친견한 김 시인은 산문에 든 모든 도반들이 무질서 투성이란다. 마치 자신을 보는 듯 "땅 개미는 제 하고 싶은 대로/ 부지런히 오가는 휘어진 방벽 앞에/ 부처님전 등불 아래/ 마음 하나 둘 곳 없는데/ 대웅전 밖 바람에 쫓기는 나뭇잎" 에 고작 등 하나 밝힌 촛대라니, 오죽했으면 무릎 꿇고 싶다 했을까? 아무리 귀를 세워도 들리는 게 없고, 눈을 아무리 크게 떠도 보이는 게 없으니 법음도 마찬가지일 터. 그래도 불심이 있어 "고요한 오후는/ 바람도 나뭇잎도 바로 나/ 모두 공연한 연기(緣起)라" 믿게 된다.

> 산사 뜨락/ 줄줄이 서서/ 사알짝 사알짝/ 흔들리며 블록탑으로 밀려오는// 소원성취, 연등// 돌탑을 돌던 마음/ 잠시 내려놓고/ 게송 읊던 산중바람// 주렁주렁/ 모로 세로/ 연등 올리는/ 세상사 갖은 일로 속 타는 가슴// 땡볕, 휘영청 보름달 등으로/ 을미년을 보듬는 회암사 사월 초파일 연등제
>
> – 〈연등제〉 전문

시 창작에 있어 화자는 이미지를 말할 경우 대체로 시간성과 동시에 투영하는 사물과의 상관성에서 공간의 개념을 적시하는 예를 흔하게 보여준다. 이는 시공(時空)의 융화로써 이미지 창출이 보다 효과적이라는 시법을 많이 응용하고 있기 때문일 텐데 김고은향 시인은 시간을 떠나 공간성에서 특히 불교에 대한 감각을 남다르게 표출하고 있다. 앞서 언급한 〈관세음보살〉의 후편격으로 생각할 만한 〈연등제〉에서 연등 사이로 불어오는 바람에서 마음의 소리를 듣고 간절하게 소원성취를 빌게 된다. "세상사 갖은 일로 속 타는 가슴// 땡볕, 휘영청 보름달 등으로/ 을미년을 보듬는" 연등제라 하는데 분명 상당수의 연등이 땡볕처럼 강렬한 색상으로 빛나지만 차가운 달과

같이 휘영청 둥근 모습으로 대비되면서 음양조화의 미를 발하게 된다. 어쩌면 회암사의 사월 초파일 연등제는 시공을 넘어 원만하게 보듬는 공감각적으로 매우 따사로운 축제가 아닐까 싶다. 다시 한 편을 보자.

보름 전
꽃씨를 산수(山水)에 불렀습니다
약속 없는 날
얼굴을 쏘옥 내밀었습니다

어제
사랑채 옆 살구나무 아래서 장독대까지
울안을 파 꽃을 심고 또 심고
물 주며 정을 주었습니다

오늘은
양 날개를 한 잎사귀는
생기가 팔팔합니다

노끈으로 대문 걸어 잠근
벚꽃 흐드러진 봄날 언제쯤
아무도 없는
빈집에 꽃이 피면
약속처럼
가을 마중 단풍 길로

내가 서 있는 이 뜰은
아무도 없는
혼자이겠지요

– 〈빈 집의 꽃〉 전문

일반적으로 '사랑채', '장독대', '울안', '꽃', '빈집' 등 여러 시재 즉 요체들 중에 나무로서 왜 하필이면 '살구나무' 가 등장할까? 모든 사물의 본태는 음과 양처럼 이중구조의 대립으로 극과 극의 대상이 되다가도 소통과 조화의 순환관계를 유지한다. 사람도 마찬가지로 개성, 환경, 조건 등등 소통과 화합이 인간관계의 일상이듯 김고은향 시인은 불자수행인으로서 모든 순환의 현상을 연기설로 연결 짓는 시법이 주목되는 대목이다. 소통과 조화의 배합배열의 언어구조로써 꽃(수행), 단풍(사리) 등도 불자도반으로서 수행의 과정으로 본 듯 명상적 사유의 요체로서 자아본성과 우주적 본질의 탐색이며 질량의 화두로써 "아무도 없는/ 빈 집에 꽃이 피면// 약속처럼/ 가을 마중 단풍 길도/ 아무도 없는/ 혼자" 일 거라는 빛바랜 한국적 농가의 쓸쓸한 서정을 재발견한 한 편의 수묵화를 보는 느낌이다.

산꽃 지고/ 벌 나비 발길 멈춘/ 꽃 진자리 빈자리는// 지고 피는/ 진여(眞如)의/ 참 모습인데// 더구나/ 빼꼼이 내민/ 파란 씨방// 사리같이/ 몽롱한 반야의 눈빛이고// 보면 볼수록/ 청정심 넘치는/ 불성의 차오름

– 〈꽃 진자리 빈자리〉 전문

불교적 차원에서 꽃 진자리는 종점이 아니라 씨방에서 열매로 자라나는 시작의 시점이다. 생사의 경계 즉 윤회의 요체로 본 연기설이 연관된 순환관계이며 수행의 시작이다. 그러므로 화자인 김고은향 시인은 수행의 결정체로서 열매를 사리로 메타포하고 열매가 익을 때까지 자라나는 과정을 수행의 일환으로 규정짓는다. 더욱이 밝은 마음, 즉 비움의 노력으로써 청정심이 넘치고 불성이 차오른다고 했으니 끝없는 수행이야말로 견성으로 이어짐을 암묵적으로 노래한다. 그렇다면 화자는 수행시인으로서 만유(萬有)의 눈을 뜨는가. 명상적 언어구사의 자기화를 시도하는 듯 사유와 관조로써 '꽃 진자리 빈자리'는 "사리같이/ 몽롱한 반야의 눈빛이고// 보면 볼수록/ 청정심 넘치는/ 불성의 차오름"으로 보는 재치와 여유가 돋보인다. 한 편을 더 보자.

> 한 사내의 어머니/ 한 사내의 딸/ 한 사내의 연인// 한 사내의/ 산성을 쌓는 고역(苦役)으로/ 역사 속에 묻혀 지내다// 비켜 갈 수 없는 생의 끝자락에서/ 보잘 것 없이 측은해진 모습으로/ 휘몰아치는 태풍에 내가 만든 상반된 정답을/ 부여잡고// 황갈색 바람에 떠는/ 아무것도 아닌 키 작은 노년
>
> –〈한 여인〉 전문

여자의 일생이란 무엇인가. 아니 인간으로서 삶이란 무엇인가. "한 사내의 어머니/ 한 사내의 딸/ 한 사내의 연인// 한 사내의 산성을 쌓는 고역(苦役)으로/ 역사 속에 묻혀 지내"는 어쩌면 화자 본인의 인생사적 회한을 노래하고 있는데, "비켜 갈

수 없는 생의 끝자락에서/ 보잘것없이 측은해진 모습으로/ 가을을 걷는/ 아무것도 아닌 듯한/ 키 작은 노년" 이라 말하지만 반어적이고 역설적으로 원대한 미래를 추구하고 있음을 강고하게 노래하고 있다. 우주 공간에서 인간이라는 존재, 그 존재는 미약하지만 끊임없는 순환관계에서 인연의 연결고리는 끝이 없고 막힘도 없는 흐름의 요체이며 만물과의 소통을 주도하는 진맥이다. 또한 참 생명이다. 바로 그런 관점에서 김고은향 시인은 너와 나, 남과 여 사이에 경계를 두지 않는 노자(老子)와 장자(莊子)의 무위자연(無爲自然)이라는 홀가분한 믿음을 암묵적으로 내보이고 있다. 한 편만 더 보자.

창망한 세월 앞에 선
소나무 한 그루
의상봉, 상백운봉
청산에 어울려 몇 백 년을 살고 있네

너와 나
오늘과 오늘 사이
다른 태양이 있다면/ 만날 수 있으려나

한평생 인간으로 사노라면
언제나 내 맘대로 널 볼 수 있다 해도

수백 수천을 산 아름드리 몸체
짙은 녹음 속 꽃향기엔

알아보기 어려워라

– 〈노송〉 전문

김고은향 시인은 불자로서 법음을 시적 자아의 서정성으로 변용하여 경험적 자아와의 맥락을 같게 하는 수준 몰이를 하고 있다. 따라서 연기설은 모정의 인연줄을 대비시켜 시적 가치를 높이며 눈은 눈인데 보이는 게 없다는 역설적 발상의 메타포 또한 읽는 재미를 더한다. 재가에서 스님같이 생활하는 이를 유발거사라 하는데 김고은향 시인에게 바라건대 불자 시인은 구도자의 삶 같은 묵언의 묵선승 생활 속에서 남다른 향기가 묻어나는 명상의 수행으로 거듭 나길 기대한다.

시인들이 흔히 쓰는 언어에는 지시적 기능과 환기적 기능이 작용하고 있다. "청산에 어울려 몇 백 년을 살았구나// 너와 나/ 오늘과 오늘 사이/ 다른 태양이 있다면/ 만날 수 있으려나" 라며 읊조리는 환기적 기능이 뛰어난 김고은향 시인의 서정적 새타이어 기법은 그의 부드러운 시세계와 용해되어 즐거운 불성으로서의 시정(詩情)을 누리게 되는 것이다.

4. 나가면서

김고은향 시인의 탁월한 상상력은 고향의 체온을 뜨겁게 달구면서 우리에게 새로운 미래의 시세계를 눈부시게 형성시켜 왔다. 그것이 다름 아닌 역량 있는 시인의 환기적 창작 역량이다. 바로 그러한 순수 서정을 통해 시인 김고은향은 스스로의 인생역정에서 삶의 진실을 추구하는 시작업, 즉 삶의 새로운 길을 모색하고 있는 것이다.

언어의 조형력과 참신한 삶의 비전을 제시해 온 김고은향 시인은 '자기 회복과 명상적 언어의 조형미' 라는 신념 속에 시작업을 계속해 왔다고 보여진다. 나아가 삶의 영원한 가치를 창조하는 새로운 행동 양식의 발로로써 그의 시세계는 항상 정서가 순수하게 승화된 서정미가 넘쳐나고 있다. 인간이 자아를 올바로 파악하기 위해서는 일반으로서의 '나' 가 아닌, 인간 개인으로서의 '나' 를 인식할 필요가 있다. 인간 개인으로서의 자아인식이야말로 '개성' (personality)의 참다운 파악이다. 현대시는 가장 개성적일 때 만인에게 공감되는 명편이 된다고 한다. 개성적인 시는 시문학적인 새로운 가치이며 이상을 자신의 내부로 받아들여서 객관적으로 창작 발상하는 '초자아' (超自我)의 시세계이다.

프로이드(Freud, Sigmund, 1856~1939)는 "인간 개인의 개성에는 3개의 가면(假面)이 있는데, 자아의 내부에서 선악을 판단해내는 초자아야말로 참다운 제3의 가면이다"라고 지적했다. 누구나 그와 같은 관점에서 김고은향 시인의 개성적인 시세계에 접근하면 나름대로 토해내는 메시지의 신선함에 동조하게 된다.

시인이라면 일상 속에서 흔히 남의 눈에 잘 보이는 것을 쓰면 안 된다. 남의 눈에는 전혀 보이지 않는 것을 찾아내어 볼 수 있도록 써내어야 한다. 그런 시인을 가리켜 우리는 '유능한 시인' 이라 부르게 된다. 요컨대 김고은향 시인의 시편 중에는 한국 시문학사에 올라갈 만한 좋은 시가 여러 편 들어 있다는 점에 주목할 필요가 있다. 더불어 김 시인에게는 앞으로도 더욱 정진하기를 기대한다.

김고은향 시집

거울 속으로

•

지은이 / 김고은향
발행인 / 김영란
발행처 / 한누리미디어
디자인 / 지선숙

•

121-840, 서울시 마포구 잔다리로 35, 2층(서교동, 서운빌딩)
전화 / (02)379-4514, 379-4519
Fax / (02)379-4516
E-mail/hannury2003@hanmail.net

•

신고번호 / 제300-2006-61호
등록일 / 1993. 11. 4

•

초판발행일 / 2016년 3월 27일

•

•

값 8,000원

•

•

ISBN 978-89-7969-697-4 03810